Miaou! ...omne!

Miaou! C'est l'automne!

Jean Marzollo

Illustrations de Hans Wilhelm

Texte français de Dominique Chauveau

Les éditions Scholastic

Catalogage avant publication de la
Bibliothèque nationale du Canada

Marzollo, Jean
  Miaou! C'est l'automne! / Jean Marzollo ;
  illustrations de Hans Wilhelm ;
  texte français de Dominique Chauveau.

Traduction de: Thanksgiving cats.

ISBN 0-7791-1626-7

I. Wilhelm, Hans, 1945- II. Chauveau, Dominique
III. Titre.

PZ23.M374Mia 2002   j813'.54   C2002-901589-8

Édition publiée par Les éditions Scholastic, 175 Hillmount Road,
Markham (Ontario) L6C 1Z7.

5 4 3 2 1   Imprimé au Canada   02 03 04 05

L'automne montre le bout du nez,

le temps des récoltes est arrivé.

Les citrouilles à garnir,

les pommes à cueillir.

La vache bien nourrie

donne de bons produits.

*Les chatons surveillent
les abeilles et les corneilles.*

Le pain à préparer,

les petits pois à écosser.

Les épis de maïs à éplucher,

le fromage à trancher.

Les tartes prêtes à manger

se retrouvent au marché.

Les chatons attrapent les sous
Qui tombent un peu partout!

Un pique-nique est préparé

pour finir cette belle journée.

Et les chats fatigués

s'endorment sous le pommier.

Pas une bouchée de plus,

ils sont bien repus.

Les chatons rassasiés
ronflent dans le pré!

Vive l'automne!